봄으로 가는 지도

J.H CLASSIC 085

봄으로 가는 지도

임덕기 시집

지혜

시인의 말

지나간 시간들을
갈무리해서

한곳에 차곡차곡
쟁여 두었다

시도 쌓이니 곳간이다

2022년 봄
임덕기

차 례

1부 강물이 걸어오다

2부 바지런한 접시꽃

3부 사막의 시간

4부 대나무

5부 시간의 뒤편

・일러두기
  페이지의 첫줄이 연과 연 사이의 띄어쓰기 줄에 해당할 경우 > 로 표시합니다.

1부

강물이 걸어오다

개나리, 봄을 그리다

울타리가 캔버스다

노랑 물감을 듬뿍 찍어 쓱쓱 칠하는

따뜻한 봄의 붓질에

칙칙한 잿빛 겨울이 지워지고

강변은 온통 봄이다

봄으로 가는 지도

언덕에 늘어선 옹이 박힌 겨울나무
빛을 향한 끝없는 구애가
그늘진 시간마다 허공에 손을 뻗는다

추위에 시달린 두꺼운 각질
갈라진 피부를 봉합도 못한 채
살이 에이는 고통을 속으로 삭인다

해묵은 잎과 삭정이 땅에 떨군 채
맨몸으로 혹한을 건너는 나무들

봄을 찾아가는
비밀지도 한 장씩 꼭 쥐고 있다

수런거리는 물소리

눈 녹은 물이 돌돌거리며
개울로 몰려온다

어깃장 놓던 봄 날씨가 제풀에 수그러들면
산꼭대기 희끗희끗한 잔설이 풀리고
먼길 오느라 수고했다고 다독이는 소리가 들린다

강이 가까워지면
떠나온 곳으로 되돌아갈 수 없다는 것
뒤늦게 알아챈 개울물
강 입구에서 멈칫거린다

헤어짐이 아쉬워
왁자한 소리 울컥울컥 쏟아내고

강물을 향해 두려운 첫발을 내딛는다

배밀이

드넓은 강
수면 위로
배밀이하며 지나가는 바람

그때마다,

널따란 옥색 치마폭에
자디잔 주름이 일고
바람의 옷자락이 젖고 있다

강물이 걸어오다

큰물이 지나간 둔치에 흙탕물이 질퍽하다

강가에 서 있는 나무들
물길이 지나간 쪽으로 몸이 기울고
지푸라기와 비닐 쓰레기
휘어진 나뭇가지에 걸려 어수선하다

맹그로브 숲처럼 얽히고설킨 나무뿌리들
물속에서 맨살을 드러내고 엉거주춤 서 있다

무성한 갈대들 물살에 떠내려가
수양버들 종아리가 시원스레 드러나고
나무와 나무 사이에 잠겨 있던
강물이 제 모습을 드러낸다

잊었던 강물이 환하게 웃으며
저벅저벅 걸어 나온다

굼뜬 봄

꽃샘바람이 지나가도
베란다 라벤더는 보랏빛 입술 앙다물고 있다

블루베리는 흔들어 깨워도
도통 잠이 깰 기미가 보이지 않는다

기다림에 지친 봄이
줄기에 붙은 묵은 잎을 떨어뜨리니
그제야 화들짝 놀라 여린 싹이 고개를 내민다

창밖에 벙글어 가는 벚꽃 꽃망울
봄볕을 만나자 봄의 심지에 불을 붙이고
폭죽처럼 환호성을 터트린다

더딘 봄이 환하다

봄, 무대에 서다

봄 무대 커튼을 활짝 열어 제친다
산수유, 매화가 까치발로 들어온다

개나리 우중충한 무대 배경에
강렬한 노랑을 덧칠한다

시간을 제대로 맞추지 못한 목련
깜짝 초대장을 여기저기 뿌리며 하얗게 웃는다

자지러지게 웃던 벚꽃
엊저녁 내린 봄비에
풀이 죽어 시무룩한 낯빛이다

쑥, 개망초가 도착하기 전에
냉이, 제비꽃, 꽃다지가 종종걸음으로 들어온다

무대 위에는 봄을 위한 연출이 막 시작된다

강으로 내려가는 언덕길에는

바람을 만난 들풀이 서로 몸을 맞대고
쓰러지지 않도록 안간힘을 쓴다

힘을 조절하며
온몸으로 지나가는 바람을 견딘다

바람은 슬며시 다가와 강아지풀과 노닥거리고
바람은 갑자기 몰아쳐
어리숙한 돼지감자 이파리를 흔들어놓고
느티나무 잎새로 숨어든다

한 번씩 강물을 뒤집어놓듯이
가만히 개울물을 흔들어놓듯이
소리쟁이 잎 뒤에 숨어 있는 달팽이를 놀라게 하고

바람이 지나간다

밑줄

보도블록 틈새로 길게 그어진 검은 획이 일렁인다

가까이 보니 또박또박 쓴 글씨
앞뒤 이어 붙여 어디로 가는 것일까

일사불란하게 움직이는 개미떼
앞의 신호를 따라 파랑波浪이 되어 움직인다
평소 눈에 띄지 않던 소심한 마음
땅 위에 선을 그으며 제 존재를 확연히 드러낸다

저 위험한 이동 누군가 저 행렬을 끊을 수도 있다
눈앞의 위험보다는 더 다급한 천적이 있었던가

예민한 더듬이로
무언가를 미리 알아채고
대물림된 기억의 통로를 따라
햇빛의 무게
바람의 질량
땅의 체온을 감지하며 거처를 옮긴다

작은 글씨들 모두 하나 되어 밑줄을 긋고 있다

숲과 바람의 함수관계

오솔길 에돌아오는 소소리바람에
겨우내 숲속에서 숨죽인
나무들 심장이 쿵, 쿵 피댓줄처럼 힘차게 돌아가고

꽃샘바람을 앞세워 계절의 첫 장을 넘긴다

어치 둥지를 품은 은사시나무
샛바람이 불면 무성한 잎들이 수런거린다
비바람이 불면
숲은 두려움으로 요동을 친다

악기를 두드리듯
빈 나뭇가지를 흔들며 삭풍이 지나가고

잎이 진 빈 숲에서
겨울나무는 다시 찬바람을 연주한다

무당벌레

늦은 시간 컴퓨터 앞에 있는데
빨간 보석 알갱이
파르스름한 불빛에 홀려
숨겨둔 날개
푸드덕 펼쳐 방 안으로 날아든다

지난여름 베란다에서
고춧잎에 기거하다가
상추 이파리에 앉아
꼬박꼬박 조는 모습 보았는데

겨울이 찾아와 고춧잎은 시들고
창밖에는 하얀 눈이 내렸다

고춧대를 바지랑대로 부여잡고
굶주림 참아내고
추위를 이겨내고
외로움 이겨내고

아직도 건재健在하다고
봄밤 자랑스럽게 찾아와 안부를 건넨다

숲의 주소

늙은 느티나무는 제 몸에 구멍을 파서
새들을 불러 모았다
바람이 들락거린 몸통에
드러난 둥근 뼈마디

셋집 구하기도 만만치 않은 계절
둥지를 차지하려는
새들의 날카로운 언쟁으로
해마다 봄은 들썩거렸다

구부정한 몸
넓은 그늘에 깃든 노랑지빠귀 날갯짓에
수피가 벗겨진 목덜미에 윤기가 돌고
보채는 울음에 노목은 기운을 차리더니

아파트재건축으로 쓰러지기 전날 밤
새들은 나무의 유언대로
건너편 잡목으로 이주했다
이제 그늘이 무성한 숲의 주소에
사람이 살고 있다

풀의 영유권

길가 보도블록 틈새로 풀들이 와자하다
쇠비름, 질경이, 민들레, 강아지풀…
발뒤꿈치에 잔뜩 힘주고 서 있다

본래 이곳은 들판이었다
풀들이 주인이었을 때는
싸우는 소리가 들리지 않았다

길이 생긴다는 말에
영유권 한번 내세우지 못하고
하루아침에 뿌리째 뽑힌 잡초들
그 자리에 각진 보도블록이 촘촘히 심어졌다
풀들의 땅이 사라졌다

봄비가 스쳐가고
어미가 흘린 씨앗들이 억척스레 이름을 내밀었다
한 줌 틈새가 노랗게 피었다

지나는 발길에 밟혀도
자손을 퍼트리는 것만이 살길이라고
봄볕을 이고 식구를 늘려간다

목련의 말

화단에 늙은 목련이 서 있다.

어깻죽지가 떨어져 나가고
가슴 한쪽이 쪼개진 목련
나뭇가지 끝마다 하얀 백문조를 걸어두었다

바람이 날아가자고 가지 끝을 흔들어도
다소곳이 앉아있는 새들

봄 햇살 부서지는 오후
그동안 참았던 무슨 말이 하고 싶은지
새들은 입을 벌려 말을 쏟아내기 시작한다

목련의 말이 허공을 날아가기 시작한다

무릇

달래인지, 부추인지, 잔디인지
한여름 뙤약볕 속에서
길섶에 불쑥 올라온 노루꼬리

꽃대에 연보라 작은 꽃들이
다닥다닥 붙어서
바람이 불 때마다
신기한 눈으로 사방을 둘러본다

햇살과 호기심을 잔뜩 머금고
뿌리는 동그랗게 여물어간다

풀숲에서 캐낸 알뿌리들
뭉근한 불로 끓이면 형체도 없이 스러진다
화덕에서 풀무질과 오랜 시간 담금질로 얻은
한 자배기 까만 무릇 조청

얼마나 고통을 참아내면
저렇게 단내가 물씬 날까

식물의 법칙

추위로 기진맥진한 제라늄
잎이 불그스레 맥을 못 추다가
봄이 사부작사부작 다가오면
물관을 통해 바삐 물을 퍼 나른다
서둘러 초록으로 갈아입는다

해묵은 단풍나무
제 작은 밥그릇에 생체리듬을 맞춰
순식간에 무성한 그늘을 짓고
가을이 오기 전에 한 해를 마무리한다
제 처지를 짐작하고 계절을 압축한다

좁은 공간을 손끝으로 알아챈 석류나무
곁가지 하나를 포기한다
불필요한 가지는 과감하게 버린다
생존을 위한 오래된 습관이다

멈칫거리며 오는 봄

어디쯤 오고 있을까

잿빛 시름 속에 잠들어 있는 산
나뭇가지에 움이 트지 않고
입춘이 되어도 개구리는 땅속에서 나오지 않는다

겨울은 생각이 많은지 떠나지 못하고
아직 창가에서 서성거린다

꽃들의 배려

햇살이 환하게 퍼지는 봄날

겹벚꽃이 아우 벚꽃에게
먼저 꽃 피우라고 등을 떠민다

얼떨결에 꽃피기 시작한 벚꽃
가지마다 하얀 꽃구름을 걸어두었다

바람에 꽃잎이 일시에 떨어지면
진득한 마음으로 참고 기다리던 겹벚꽃
분홍 실타래 꽃이 피기 시작한다
그제야 마음 놓고 화사하게 웃는다

벌 나비의 수고를 조율하기 위한
꽃들의 배려로 봄날이 오래도록 눈부시다

2부

바지런한 접시꽃

솎아내다

1. 아그배나무

가지에 다닥다닥 꽃이 피더니
꽃 진 자리마다 조랑조랑 열매를 껴안고
어미는 힘에 겨운 듯 서 있다

저 많은 자식들 어찌 다 키울 수 있을까

장마를 앞두고 누구는 떨어뜨리고 누구는 남고
어미 가슴에는 잿빛 시름이 쌓인다

2. 석류나무

여러 송이 꽃이 차례차례 피어도
허약한 어미는
실한 꽃송이 한 개만 남기고
나머지 꽃들은 하나 둘 솎아낸다

품에 남은 외동자식
늘그막에 애지중지 키운다

그늘

반지하방엔 그늘이 식구다
깊은 바다 밑처럼 습한 어둠이 물풀처럼 자라고
그녀는 심해어처럼 그늘을 끼고 살아간다

벽에 기대어 사는 그늘은 검은 꽃을 피우고
천장에 사는 그늘은 얼룩무늬를 그린다

그녀의 머리위에 또 다른 세상이 있다
창틈으로 보이는 오가는 발목들은 신발을 신고
어디론가 가고 있다

햇빛 한 줌 들지 않는 깊은 방
소음만이 들락거린다
골목을 찾아와 내지르는 확성기 소리에
휠체어에 앉은 그늘이 잠시 흔들린다

벽을 타고 오르는 담쟁이넝쿨
한 줌의 햇살을 그리워하며 그녀는 시들어간다
벽보다 가파른 계단
그늘로 들지 못한 봄날이 어깨를 들썩거린다

나팔꽃, 묵언의 행진

고향을 그리며 나팔꽃은 귀를 활짝 열어둔다

먼 데서 들리는 나지막한 소리에
가만히 귀기울인다

사방에서 들리는
소리를 귀에 모으고
소리를 안에 가두고
말없이 행진을 시작한다

가다가다 길이 막히면
허공을 더듬어 스스로 길을 만든다

오직 앞만 바라보고 나아간다

무성한 잡풀 틈새로
쉬지 않고 제 길을 찾아간다

무작정 가로막는 담벼락도 천천히 기어오른다

한밤중의 해후

한밤중에 휘파람 소리를 내며
유리창을 털컥거리며
오랜만에 해후를 애타게 알립니다

반가움을 뒤로 한 채
다녀간 흔적을
허공에 풀어놓고 사라집니다

거실 마루에는 떨어진 꽃잎들이 몰려다닙니다
고양이가 입을 앙다물고 울어댑니다
바람이 지나가는 소리를 알려줍니다

그리움이 스쳐간 골목마다
시간이 지날수록 상처는 골이 깊어갑니다
맵찬 뒤끝을 보여 줍니다

이루지 못한 열정은
날카로운 흔적을 남기고 떠나갑니다

갇힌 배

물때를 제대로 맞추지 못해
뻘 속에 갇혀 있다

애쓰면 애쓸수록
점점 더 빠져들어 옴짝달싹 못한다

저 말랑한 뻘밭
어디에 저런 힘이 숨어있을까

멈춰버린 시간이 해풍에 펄럭거린다

물길이 막힌 낡은 배
밀물이 차오르고
바다가 열리기를 손을 놓고 기다린다

능수버들의 오체투지

갑자기 휘몰아친 바람으로
긴 머리칼 바람에 날리던 능수버들
바닥에 엎드려 오체투지한다

민들레, 제비꽃이 고개 든 강변에서
반쯤 묻힌 뿌리로 겨우 목숨을 연명한다

강변에 찾아온 물까치 소리에
봄기운을 알아채고
늘어진 줄기마다 연둣빛 잎새들이
시스루 옷처럼 하늘거린다

봄맞이 옷으로 갈아입고
다시 기운을 차리려고 안간힘을 쓰지만
땅은 드러난 뿌리를 받쳐주지 못한다

제 키보다 터무니없이 얕은 뿌리로
큰 키를 감당하며 어찌 살았을까

바닥에 능수버들 울음이 질펀하다

늦둥이

아파트 담벼락에 몸을 기댄
허리 굽은 복숭아나무 한 그루
제 한 몸 가누기도 힘든데

봄날, 지나는 이들에게
눈꼬리 접히도록
활짝 웃어준 눈웃음이 빌미가 되어
조랑조랑 늦둥이가 생겼다

수선스런 봄날이 훌훌 떠나고
하루가 다르게 무겁게 불러오는
늙은 몸, 고령 출산에
체중 미달인 못난 자식들
산달이 다가와도 고만고만하다

오가며 곁을 지나다니는 이들
못났다 못났다 혀를 차더니
누가 볼세라
껍질만 어지럽게 남겨놓고
갈증 난 입을 씻고 사라졌다

나무 밑에 봄날의 흔적만 남았다

바지런한 접시꽃

허공으로 달려가던 꿈이 담벼락을 훌쩍 넘었다
이제 어깨 맞대고 숨고르기 시작한다

짧은 봄날이 아쉬워
바지런히 물을 길어 올리고
쉴 새 없이 꽃대를 세운다

해가 이울자 접시처럼 둥근 얼굴 접는다

칠월 막바지에 꽃문을 닫고 시든 꽃잎 갈무리하고
씨방을 야물딱지게 챙겨놓는다

제 할 일 다 끝낸 접시꽃
언제 설거지를 다 했는지 접시는 보이지 않는다

울타리 악단

울타리를 휘감고 올라가는 나팔꽃
짙푸른 동굴 속에는
떠나간 유년이 동그마니 숨어 있다

메, 싱아, 깜부기를 찾아다니던
얼굴이 까무잡잡한 허기진 아이들이
동굴 안에 들앉아 있다

청계천 둑에서 풀 썰매 타던 무성한 여름이
슬그머니 곁에 다가와 서 있다

옥양목 치마를 입으신 젊은 어머니
안마당 펌프 옆에 화덕을 내놓고
시퍼런 배춧잎을 데치면
집안에는 초록 내음이 진동했다
하얀 국숫물도 끓어 넘쳤다

울타리에 줄줄이 매달린 남보랏빛 꽃숭어리들
햇살 지휘봉을 바라보며
악기를 점검하고 화음을 맞춘다
여름을 시작하는 팡파르가 크게 울린다

늦여름합창단

해가 중천에 떠 있을 때
크레셴도 파도소리가 밀물처럼 몰려온다
낭창거리는 수양버들 사이를 넘나들며
소리는 직선과 곡선으로 유영한다
차츰차츰 낮아지는 소리
데크레셴도로 썰물처럼 빠져 나간다

잔물결처럼 합창단 소리가 잦아지고
줄이 툭 끊어지더니
깊은 정적 속으로 빠져든다

짧은 생애 자신의 흔적을 남기기 위해
매미의 다급한 절규가 들려온다
찌르레기 떼 날아가는 소리를 내며
해거름에 소리는 허공으로 치솟는다
무더위가 잠시 멈칫한다

허락된 보름이 지나면
늦여름합창단은 떠나가고 박제된 울음통만
나무 밑에 널브러져 속울음 삼킨다

당사주 그림책

보도블록 한 귀퉁이에 쪼그라든 모과처럼
늙은 사내가 앉아있다

알록달록한 당사주 그림책
발밑에 펼쳐놓고
오가는 이들 눈길을 끌어 들인다

남들의 과거와 미래는 알아맞혀도
제 운명은 알지 못하는지
허기지고 추레한 몰골이다

젊은 시절 모친은
시앗에게 지아비를 빼앗기고
그믐달처럼 가슴에 그늘이 스며들었다

하루는 당사주를 보고 오셔서 용하다고 감탄하셨다
"글씨, 기와집 울 밖에 웬 여자가 서 있는 그림인기라."

한 장의 그림이 모친의 삶을 관통했다

별을 품다

블랙홀을 빠져나가듯 시공간을 넘나드는 세상

사막을 건너가는 밤비행기를 타고 창밖을 내다본다
칠흑 같은 허공에 산 자와 죽은 자들의 요새가 빛난다
철벽으로 쌓은 고독의 성곽 안에 매몰되었다

광활한 공간에서, 우주의 적요 속에서
별은 외로워 쉬지 않고 눈을 반짝인다
자신의 존재를 알리려고 손을 흔들어 텔레파시를 보낸다
길을 잃고 헤매는 별들은 추락해 낯선 곳에 몸을 숨긴다

히말라야보다 더 높은 곳에서
유년에 만났던 별들과 눈 맞춤한다
북두칠성, 카시오페아 사이에 크고 빛나는 별 하나
북극성이 물기 어린 눈으로 내려다본다

은하수 물살을 헤쳐가신 붙박이별, 어머니
그 뒤를 따라가는 자식들
희뿌연 별무리는 강을 이루고
그 강을 따라 자디잔 별들이 떠다닌다

그리움이 흩뿌려진 우주를 가로질러
와락 달려오는 수많은 별들 사이에

크고 빛나는 별 하나, 어머니를 가슴에 품는다

특별한 모성애

얼굴에 확 달려드는 모기
손으로 잡으려니 눈앞에서 감쪽같이 사라진다

밝은 곳보다 어두운 곳을 좋아해
눈길을 따돌리고
장롱 난간에 앉아 절벽 끝 전술을 쓴다

수컷은 옥잠화 잎에서 빈둥거리고
암컷은 애면글면 먹이를 구하려 죽을힘을 다한다

새끼를 위해 못할 일이 없다고
날카로운 침으로 명중할 과녁을 찾고 있다
공습경보를 날리며 다시 나를 향해 돌진한다

미물의 모성애가 뜨겁다

칡의 회유

여름이 무성한 산발치
칡도 외로운지
널따란 손바닥 바람에 넌출거리며
마을을 향해 기어 내려온다

손끝에 걸리는 나무마다
괴롭히는 속내 감추고
때죽나무 곁으로 넌지시 다가간다

바닥을 기어 다니던 힘
우듬지를 휘감아 오르던 기세
모두 한데 모아
공중에 세운 보랏빛 꽃탑들
달큼한 향내는 물너울이 되어 출렁거린다

산지사방 손 내밀어 남을
괴롭히던 본성 잠시 잊어달라고
향내를 흩뿌리며
지나가는 이들 마음을 달래준다

바다

저 위대胃大한 뱃구레 삼킬 듯 달려드는
거친 파도에 입이 쩍쩍 벌어진다

순식간에 사라지는 음모
미처 소화하지 못한 것은
간간이 물 위에 떠올라 실체가 드러난다

중국으로 장사 다니던 고려 상선
바람과 풍랑 앞에
제 무게를 바다에 쏟아버렸다
빛이 닿지 않는 갯벌 바닥에 누워
차곡차곡 보듬고 잠들었던 도자기들
어느 날 어부가 흔들어 깨어났다

천년을 품어도 삭지 않고 녹슬지 않는 것은
쇠가 아닌 흙이었다

자신의 행적이 드러나 소화가 되지 않는지
바다는 연신 트림하며 하얀 거품을 쏟아낸다

독도, 쇠무릎

동쪽 바다 작고 외로운 섬
갈매기를 앞세워 반갑게 손을 내민다

언젠가 육지 사람들
옷자락, 신발에 묻혀 들어온 쇠무릎 씨알
기름진 논밭이 없는 척박한 돌섬
독도에 뿌리 내렸다

바다제비 둥지 옆에서 터를 잡고
새끼가 날갯짓하면 열매는 고리가 되어
날개에서 떨어지지 않는다

포승줄에 꽁꽁 묶여 날지 못하는 어린 새는
온종일 어미를 부르며 운다
애끊는 어미와 새끼 울음은 허공에 뿌려지고
거센 파도 속으로 잦아든다

해국, 쇠무릎, 바다제비, 괭이갈매기
모두 가슴에 품고 속울음 삼키는 독도
오늘도 파도와 맞서며 침묵하고 있다

3부

사막의 시간

현수막

낡은 아파트 옥상에 현수막이 살고 있다

늘어뜨린 기다란 혓바닥으로
재개발 결사반대를 외친다

아스팔트가 녹는 무더위에 사람들은
방안에 들앉아
선풍기 앞에서 졸고

불볕더위를 무릅쓰고 현수막만 혼자
그들 대신 목청을 높인다

지나가는 바람만
현수막 말씀을 열심히 듣는다

두더지족族

속도전을 위해 땅속으로 들어간다
가파른 계단이 움직인다
버튼 하나로 지상에서 지하로 잠입한다

불빛 따라 길을 찾아간다
수많은 역驛이 하나로 이어진
시간 위를 철커덕거리며 달려간다

터널 안은 어둠으로 이어진다
길은 어둠 속에서 사방으로 뻗어있다
어둠 속에서 자생한 시간들
지나온 역들이 보이지 않는다

퇴화된 눈 대신 감각만 살아서
도시의 굴속에서 허우적거린다
노선표를 보고 살아가는 하루하루
그늘에 익숙한 두더지족

아스팔트에 꽂힌 지상의 햇살이 낯설다

사막의 시간

가슴에 불덩이 담고
이따금 숨을 몰아쉬며 고통을 참는다
모래바람에 푸석한 머리카락 날리며
힘든 시간을 견딘다

지난한 시간들
고스란히 사구砂丘에 기록되어 있다
물결무늬는 고통이 지나간 발자취

칠흑 같은 어둠 속을 뚫고
설익은 꿈들이
하나, 둘 포물선을 그리며
모래골짜기에 떨어진다

바람 따라 굴러다니는 텀블링플랜트*
유목민처럼 떠돌다
비가 내리면 낯빛에 생기가 돈다
빗물로 목을 축이고 바닥을 딛고 일어선다
잠시 기거할 집의 뼈대를 세운다

>

갈증을 참다못해 씹어 삼킨
낙타가시나무 가시로
입안이 피로 흥건한 낙타를 돌보며
사막은 서서히 늙어간다

* 사막의 건기(乾期)에 공처럼 굴러다니는 떠돌이풀.

산수국

생존코드를 맞추기 위해
가짜 꽃을 덧붙였어요
민낯은 사실 볼품이 없거든요

진짜 꽃을 위해
외곽에서 가짜꽃잎이 몸을 잇대고
눈속임을 시도하지요
곤충들도 크고 화려한 꽃을 좋아하니까요

생존수단으로 허세를 부렸어요
본심을 모두 드러내놓고 살기에는
세상이 너무 거칠고 척박하지요

가짜가 더 진짜 같아요
작고 초라한 모습이
이제 크고 화려한 모습으로 확장되었어요

수시로 변하는 낯빛을 보고
누군가 마음의 갈피를 잡지 못하는
변덕스런 꽃이라고 비난을 하지만

살아남기 위해서는 어쩔 수 없지요

"우야든지* 살아남아야 된데이"
마음의 목소리를 잊지 않고 있어요

* 어떻게 해서라도, 반드시 (포항지방 사투리).

생존의 법칙

하루치 밥벌이를 끝내고
집으로 돌아가는 가장家長들
뒤에서 던지는 돌팔매와
숨어 있는 덫을 피해
오늘 하루도 용케 살아남았다

조여드는 시간마다 곳곳에
감시자들 눈이 따라붙고
쉬지 않고 주시하고 분석하며
제자리를 지킨다

숨 막히는 공간을 나와
나른한 몸으로 대등하게 서거나 앉아
어두운 터널을 통과한다
어깨는 처지고 승부욕은 사라진다
긴장된 팡파르 대신
겸손과 편안함으로 넥타이를 고쳐 맨다

점점 꿈은 멀어져 간다

끈끈이의 진화

난초지초 자라던 향기로운 섬에
쓰레기 매립장이 들어섰다

시금치, 홍당무 밭이 지천이던 동네
저녁이면 쓰레기 태우는 냄새가 바람결에 날아왔다
파리도 떼지어 몰려왔다

집집마다 끈끈이 덫을 천장에 길게 늘어뜨렸다
날아가던 파리들 발목이 잡혔다

뒷산 참나무는 밑둥치에 끈끈이 통치마를 두르고
해충들이 제 발로 찾아가 빠져든다

도시 뒷골목에도 누군가 쳐놓은 끈끈이 덫에
사내들이 걸려들어 빠져나오지 못한다

뒤처진 철새

장대비가 쏟아지는 강기슭
웅크리고 있는 철새 한 마리

누런 흙탕물에 잠긴
갈대밭 물풀에 발목이 감겨
오도가도 못한다

허공을 맘껏 날아오르며
너른 강물을
눈에 가득 담았던 순간들
물이랑마다
빛나던 윤슬 잊지 못해

시르죽은 소리로 울고 있다

등대와 파도

말없이 수평선을 바라보는 등대
파도가 쪼르르 달려와
조잘조잘 쏟아붓는 얘기에 귀기울인다

수평선에 걸린 범선의 실체와 심해深海 소식
파도는 생글거리며 찾아와 전하고
마음이 토라지면 금방 등 돌리고 떠난다

멀리서 지켜보는 등대 눈길에
제풀에 마음이 풀어지면
파도는 언제 그랬냐는 듯이
하얀 이를 드러내며 다시 달려온다

드넓은 바다에서 떠나지 않고
다시 찾아와 곁을 지키는 넉살좋은 파도
너울성 파도를 몰고 와 쏟아붓던 잔소리
바람에 흘려버린 등대는
파도의 변덕을 묵묵히 참고 견딘다

말주변 없는 등대, 묵언의 약속을 지키려고
백년을 하루처럼 바다를 지킨다

원대리 자작나무숲

숲에는 눈들이 개락*이다

허우대가 크고 살비듬 허연 나무들
부스스한 얼굴로 깨어나
샛눈을 뜨고 쳐다본다

침묵 속에 주위를 응시한다
삼각진 눈, 새초롬한 눈,
흘기는 눈, 찡긋거리는 눈
산지사방에서 서로를 주시한다

둘레둘레 모여 서서
눈을 찡긋거리며
두런두런 얘기를 나눈다

등 뒤에 그려진 눈으로
천적을 속이는 나비처럼
자작나무 껍질에 그려진 수많은 눈들

허투루 날아오는 화살을 피하려고
날카로운 눈빛으로 암묵적 신호를 보낸다

* '많다'의 강원도와 경상도 지방의 사투리.

허점을 찌르다

창틀사이로 들어온 노린재 한 마리
고약한 냄새를 풍기며
방을 휘젓고 날아다닌다

들어올 곳이 없다고 생각했는데
들여다보니 창문은 허점투성이다

창틀사이로, 뚫린 모기망 사이로
방심한 틈새를 헤집고
노린재는 제집인 양 드나든다

언제 이렇게 구멍이 숭숭 뚫렸나
허점투성이 내 모습이 보인다

가면을 빌려줍니다

가면을 빌려주는 직종이 잡풀처럼 돋았다
원하는 사람이 각본을 제작한다
결혼식을 위한 대리부모, 친척
결혼상대자를 빌려준다고
광고전단지는 밑줄을 그으며 강조한다

가면을 써본 사람이
가면 쓴 사람을 쉽게 알아본다는 말이 떠돈다
가면이 다시 가면을 불러오기도 한다
돈을 위해서는 무슨 일이라도 한다는
알바생들이 은밀히 동참한다

화려한 겉포장이 늘어갈수록
가면은 추락해 제 발등을 찍는다
가면으로 민낯을 가리고
남의 눈을 속이던 그들은
심각한 후유증에 시달린다
아무도 믿지 못하는 불신의 늪에 갇힌다

가면을 빌려 쓴 부작용이다

무말랭이의 비가悲歌

희고 단단한 모습은 어디로 사라지고
쪼그랑 망태가 되어

늙은 아낙 거친 손길에 몸을 내맡긴다

눈물을 거두고
각진 턱으로 줄 맞춰 누워
시난고난 시간을 잊으려고
자분자분 얘기를 나눈다

대나무 발 위에서 한물간 저녁 햇살과
볼을 비비며 자글자글 늙어간다

무시래기

무는 떠나가고
밭에 버려진 초록 이파리들
서로서로 설움을 껴안고
담벼락에 걸려 축 늘어졌다

겨우내 찾아와 무작정 흔드는
찬바람에 마음이 부대끼면
바람 부는 쪽으로 등을 돌리고
질긴 시간이 지나가길 기다린다

물기 마르는 소리가 들리면
들숨날숨을 반복한다
꿈을 펼치던 널따란 무밭을 떠올리며
삭아가는 몸을 추수른다

고통을 참고 견디면
언젠가 새로운 날이 찾아온다고
지나가는 바람이 다독인다

가을을 줍다

조붓한 산길마다
바람이 휘돌아오면

기진한 플라타너스 손들이 땅에 나뒹군다
햇살을 담아 한철 그늘을 짓던
푸른 손들

찬바람에 물기가 말라버린
갈색 손들이 버석버석 소리를 지른다

바람을 다독이며
햇살을 담아내던 중노동으로

나무를 놓친 손등이 거칠하다

개울집 감나무

개울집 담장 너머 가지에 매달린
탐스런 진홍빛 피붙이들
가을볕을 쬐고 있다

키우고 건사하느라
이파리가 시들어 불그죽죽하고
진액이 다 빠졌다

태풍과 가뭄에도
무사히 키웠다는 안도감에

감나무 가지가 축 늘어진다

노을 속으로 사라진 새 한 마리

어스름한 겨울 강변에는
매순간 눈빛이 변하는 고양이처럼
빛이 시나브로 스러진다

푸석한 머리카락 바람에 날리며
강가에 웅크리고 있는 갈대
빛이 이울어가는 광경을 우두커니 바라본다

지는 해는 안간힘을 다해
강물에 붉은빛을 떨구고
기진해 보랏빛으로 사그라진다

짝을 잃었는지 겨울새 한 마리
홀로 차가운 공기를 가르며
노을 속으로 홀연히 사라진다

빛이 사라진 텅 빈 하늘은
어둠으로 채워지고
어둠을 불사르는 빛
저만치 혼자 뒤따라온다

4부

대나무

한파寒波

소한小寒 추위로 한강이 문을 걸어 잠근다

강 가운데 수심이 깊은 곳은 문을 열어둔 채
수심이 얕은 가장자리부터 문을 닫기 시작한다

철새들이 무시로 드나들다
떠난 빈자리부터 하얗게 얼어붙는다

한밤중이면 삐거덕거리는
대문 걸어 잠그는 소리가 멀리서 들려온다

대나무

추울수록 낯빛에 생기가 넘친다

불어오는 맵찬 바람에 서로 스크럼 짜고
틈새 바람을 막고 서 있다
된바람이 몰려와 세차게 옷자락을 흔들면
온기를 잃지 않으려고
사스락사스락 잎새 소리에
휘몰이 장단으로 춤사위를 펼친다

아픔으로 가슴 속이 텅 비었다
가슴 속 빈자리를 바람으로 채워
꺾일 듯 꺾이지 않는 힘이 되었다

앞선 바람이 지나가고
뒤따르는 바람이 다가와 흔들어도
땅 밑에서 뿌리를 뻗어나간다

추위를 두려워하지 않는
북방계 유목민처럼
도전정신이 강한 종족

뿌리는 계속 세력을 확장 중이다

물억새

살얼음 낀 개울가에서
바람에 머리칼 날리고 서 있는 노인들

머리는 백당시기* 되어
겨울해가 저물도록 바스락거리며 얘기를 나눈다
파리한 낯빛으로 서서 지나다니는 이들에게
조곤조곤 말을 건넨다

세상 밖으로 일찌감치 나온 철모르는 풀 한 포기
노인 발치에 몸을 납작 엎드려 바람을 피한다
손주 생각이 나서
무릎을 접고 살포시 덮어준다

내 자식이면 어떻고
남의 자식이면 어떠랴
찬바람에 감기들새라
초록빛 새순 한 줌 살려내는
머리가 하얗게 센 노인들

* 흰 머리, 백발의 경상도 사투리.

떠나는 가을

하늘엔 잿빛 구름이 낮게 드리우고

사람들은 찬바람에 몸을 웅크린 채 건널목에 서 있다

가을이 성큼성큼 걸어가 인파 속으로 사라진다

한바탕 불어오는 바람에

노란 은행 몇 알 후두둑 거리에 눈물 떨구고

길 위에 누운 가랑잎들 아우성치며 흩어져간다

여치 소리

추석날 늦은 밤 자리에 누웠는데
기운 잃은 여치 소리
차르르, 차르르, 차르르르…
창밖에서 들립니다

이른 추석이라도
아직 무더위가 가시지 않아도
가을은 가을이라고
여치가 저 먼저 찾아와 우깁니다

밤늦도록 울어댑니다
차르르, 차르르, 차르르르…

찬 서리 내리기 전
어린 자식들 누비옷 만드시던
어머니 발재봉틀 소리가 들립니다

죽도동 외가

초가지붕 위에 보름달을 누가 던져놓았나
장독대 옆 산국화는
쪼그리고 앉아 눈 맞춤하고
안마당 감나무는 서서 눈인사 한다

어스레한 저녁답
철썩이는 파도소리 귓전에 모으고
포구에서 선박 회계일 하시던 외할아버지
집으로 돌아오시는 발소리
동구 밖에서 들리면 사립문 밖으로
달려 나가는 삽살개
뒤따라가는 어린 딸

포항 갯바람이 묻은
짚으로 꿴 생대구와 함께 걸어오시는 길
파도소리도 느리게 뒤 따라온다

외동딸 등에 업고 사립문 안에 들어서면
호롱불 창호지에 어른거리고
정지문* 앞에서 기다리시는
외할머니 얼굴에 함박꽃이 피어난다

* 부엌문의 경상도 사투리.

토렴*

시장 모퉁이에서
허기진 이들에게 국밥 한 끼 먹이려고
연신 그릇에 국물을 퍼담는 아낙네
식은 밥 덩어리는 우거지 국물을 삼켰다가
도로 뱉기를 수없이 되풀이한다

팔목이 아파도
손목이 시큰거려도
온종일 가마솥 앞을 떠나지 못한다

뜨거운 국밥을 사이에 두고
마주 앉은 사람들
가슴 속 깊이 자리 잡은 얼음덩어리
서서히 녹아든다

좁은 생각과 경솔한 마음
토렴해 본 적이 있는지
힘든 날을 견뎌본 적이 있는지
지나간 시간을 되돌아보라고
토렴이 화두 하나를 넌지시 내민다

* 밥이나 국수에 국물을 여러 번 부었다가 따라내어 덥히는 일.

밤에 내리는 눈

밤길을 걸어가는데 소리없이 눈이 내립니다

눈은 머리 위에도, 어깨 위에도
그리움처럼 쌓입니다

나지막한 집 들창문에서 들리는 칭얼대는 아기울음
잠재우려고 가만가만 내립니다
아기는 새근거리며 잠이 듭니다

힘들게 사는 이들의 한숨소리를 달래줍니다
정한에 잠 못 들고 가슴 아픈 이들을 다독여줍니다
그리움은 그리움으로 남겨두라고
말없이 마음을 전합니다

밤에 내리는 눈은 제 몸을 사리지 않고
어디든지 달려가 허물을 덮어줍니다

떠도는 보석알갱이

뒷방신세 질 사람들이 거리를 떠돈다
퇴색한 기억을 끌어안고
바래진 퍼즐조각을 만지작거린다
남은 시간을 헤아리면 속이 타들어간다

자갈밭에서 넘어지고 엎어지고
몸으로 깨달은 경험들
고목 속에 들앉아 시커멓게 썩어간다
그들의 말을 낡은 언어라고
사람들은 귓등으로 흘린다

경험이 가져다 준 지혜들
상처를 다스린 기억들
노인들 안에 널브러져 있다
그들이 살아온 시간만큼
그들이 걸어온 발자국만큼
그들 속에 숨어 번득이는 지혜

전쟁터에서 늙은 말이 길을 찾아가듯이
그들 안에 숨은 빛나는 보석알갱이
해가 갈수록 사라져간다

플러터너스의 살비듬

길가 외진 곳에서 구부정한 몸으로 서서
햇살을 손으로 퍼 나른다

바람이 불 때마다 툭툭 불거진 손을 흔들며
이별 연습을 한다

떠나고 싶어도 떠나지 못한 채
결국 뿌리 내린 곳이 제 무덤이다

말간 봄 햇살이 그물에 걸리는 시간이면
늙은 뱀처럼 허물을 벗는다

추위에 견딘 시간들이 묵은 상처가 되어
발등에 수북이 쌓인 살비듬

고통을 견뎌낸 전사戰士들이다

생울타리

시골집 탱자나무 울타리
집을 지키며 가시로 무장하고 있다

가시에 찔린 바람
노르스름한 공에 맞아 다친 약병아리
다른 길을 찾아 간다

도시에서 살아가는 쥐똥나무 울타리
있는 듯 없는 듯 눈에 잘 띄지 않는
자잘한 흰 꽃잎을 매달고
향기로 지나는 이들에게 제 모습을 알린다

가을이면 꽃 진 자리마다 조랑조랑 매달린
쥐똥 닮은 까만 열매가 수줍어
누가 볼까 얼른 품 안에 감춘다

길가에서 여린 듯 강한 모습으로
작은 키가 본래 제 모습인 줄 알고
쥐똥나무는 순하게 살아간다

새떼가 날아간다

산수유나무에 새떼가 모여 조잘댄다
아침밥은 먹고 다니는지
잠자리는 불편하지 않는지
안부를 묻고 챙기느라 시간을 잘게 쪼갠다

길을 지나던 노인이 까치발로 서서
새빨간 열매를 올려다본다
인기척에 놀란 새들이 푸드득 날아간다

새들에게 날개는 자존심이라는 듯
하늘을 가릴 듯 넓은 날개 수평으로 펼치고
눈앞에서 급히 날아오른다

노인은 떨어져 나간 한쪽 날개를 부여잡고
어깻죽지에 남은 상처를 다독이며
휘적휘적 걸어간다
퇴색한 가을볕과 속 빈 강정들이 뒤따른다

어깨 구부정한 노인 등 뒤로
요란한 소리를 내며 새떼가 날아간다

밤나무 고습도치

옹골찬 가을이
발밑에 자신의 단단한 언어를 쏟아낸다

사람에게 받은 상처가 깊어
고습도치처럼 웅크리고 앉아있다
막무가내 곁을 내주지 않는다

음해陰害의 두려움으로 가시폭탄을 만들었다고
보려면 잘 살펴보라고
들으려면 잘 들어보라고
지나는 이를 향해 가시 돋친 말을 한다

까칠한 성격이지만
모진 마음이 길지 않다

때가 되면
가시폭탄이 저절로 열린다
불발탄이다
대신 땅위에 쏟아지는 단단한 언어들

제 풀에 속내를 활짝 열어 보인다

싱크홀

대지가 입을 벌렸다

눈가림으로 대충 넘어가던 묵은 상처들
땅 밑에 웅크리고 있던 응어리들 미처 삭이지 못해
거대한 용트림하며 깊은 한숨을 토해낸다

앞뒤 가늠하지 않고 과속으로 달리던 부실한 마음
밟아 다져 야무지게 살라고

싱크홀이 경고장을 내민다

작은 것들의 반란

인간이 살생해 사라져간 개체들
살아남은 것들이 음모를 꾸며
인간을 향해 종주먹 대고 공격을 시작했다

서해를 건너 날아온 불티는 들불처럼 퍼져나갔다
눈으로 보이지 않는 작은 것들의 위력
순식간에 전 세계로 번지고
인간은 공포의 나락으로 떨어졌다
지구 위에는 일시 멈춤이라는 팻말이 꽂혔다
자승자박한 인간은 마스크로 주절대는 입을 닫고
비대면으로 허기진 삶을 이어간다

가붓한 바람을 타고 날아가는 곳마다
작은 것들은 세력을 숨기고 덫을 준비한다
몰려온 덫에 인간들이 갇혀 옴짝달싹 못한다

해는 저물고 혼돈 속에 빠져든다
뫼비우스 띠 속에 갇힌 인간들
마법의 끈이 언제 풀릴지 알 수 없다
변수가 자꾸 생겨나고 있다

노숙자

누추한 바지자락이 봄볕에 등짝을 내맡기고
벤치에 앉아 있다

행인들 힐끔거리는 눈길에
떠나간 자존심이 찾아와
어깨를 툭 치면
고개를 푹 숙이고 눈을 질끈 감는다

정점과 추락이 이어지는 낡은 시간 속에
진흙탕에 빠졌던 묵은 기억들이
달려 나와 멱살을 잡으면 제 안에 갇혀
어두운 표정으로 허우적거린다

맵찬 겨울을 막다른 골목에서 견뎌낸
길게 자란 잿빛 머리카락 위로 봄볕이 내려앉아
절망은 이르다고 조곤조곤 다독인다

몰디브의 지진해일

지진해일을 앞세워
몰디브 해안에 무작정 밀어닥친 바다
날치 떼처럼 몰려들었다

눈 깜짝할 사이에 뭍을 점령하고
소리 지를 틈도 없이 해안을 빼앗고
물가에 있던 수많은 사람들
순식간에 인질로 붙잡혀 수장되었다
갑자기 쳐들어온 바다
악취나는 말들이 물 위에 떠다녔다

해변에 서 있던 방갈로 리조트
생존의 뿌리를 모래밭에 심었지만
한순간에 포말처럼 스러졌다

처참했던 그때 광경은 사라지고
따가운 햇살 속에 소리 없이 찾아든 망각
불법으로 점령한 기억은 모래 속에 파묻고
바다는 누워 하늘과 구름을 바라본다

에스컬레이터와 악어

목적지를 향해 들판으로 내달리다
방전된 이들
다급하게 지름길을 찾아 헤맨다

남보다 빠른 길이 있다고
나긋나긋 다가와
웃음을 건네는 이들이 있다

슬쩍 속내가 드러나도
은근한 미소에 아무 말도 들리지 않는다

추락의 위험을 먹고 사는 악어 한 마리
계단 틈새에 몸을 숨기고
이따금 다리를 물고 늘어진다

"계단에 한발만 올려놓으면
나머지는 알아서 해드립니다"

그 달콤한 말에 홀려
바닥으로 굴러 떨어진 젊음이 즐비하다

5부

시간의 뒤편

어떤 비애

바닥에 떨어진 삶은 강냉이 한 알

어디선가 재바르게 달려 나온
개미 한 마리
고개를 갸우뚱거리더니
냄새를 맡더니
제 몸보다 큰 먹이를 입에 물고
기를 쓰고 끌고 간다

도무지 일 무서운 줄 모른다
몸을 사릴 줄도 모르고
몸이 힘든 줄도 모르고
하던 일을 멈추지도 않는다

고생도 익숙하면 습관이 되는지
온종일 종종걸음으로 먹이를 찾아 헤맨다

노을이 지다

변산반도 해변에서 해너미를 바라보며
친구들과 걷는다
반세기 지난 일들이 뒤 따라온다

낡은 기억이 담긴 보자기를 풀어헤친다

담쟁이덩굴이 늘어진 교정에서
〈블루 하와이〉 영화를 보고
엘비스 플레스리가 부른 노래처럼
감미로운 삶이 문 뒤에서 기다리는 줄 알았다

먼지가 풀풀 날리는 신작로에서
봄눈처럼 사라진 꿈
부서진 꿈 조각을 매만지며 견뎌온 시간들

이제 큰길로 내달리던 젊음은 사라지고
갓길에 비켜서서
깊게 패인 목주름을 껴안고
애잔한 눈으로 서로를 바라본다

발그스레한 노을이 얼굴에 물든다

바람의 꼬리

바람이 숲을 삼킨다

숲은 심한 용트림하고
나무는 머리채를 흔든다
상처 입은 짐승의 낮은 신음소리가
숲길을 헤집고 다닌다

바람이 지나는 길목엔 암묵의 시간이 흐르고
펄떡거리던 열정도 하얗게 탈색되는 순간

바람이 남긴 치명적 족적들
하얀 속살을 보이고 땅에 나뒹구는 나무들
그들의 한 생은 문이 닫히고
오랜 이야기들은 멈췄다

시치미 뚝 떼고 사라진 바람의 꼬리

주위는 아무 일 없었다는 듯
다시 새벽 정적 속으로 빠져든다

눈백로

산그늘이 내려오는 개울에 눈백로가 서 있다

먹잇감을 찾을 때는 한눈팔지 않고
미동도 하지 않는다
지구력만이 살길이라고
가는 다리로 끈질기게 서서 버틴다

어른거리는 잔물결을 바라보며
이따금 눈을 들어 먼산바라기 한다
깊은 생각에 잠긴다

고즈넉한 개울에서 적막과 손잡고
노을이 지도록 물속을 들여다본다

느리게 사는 삶을 일깨워주듯
넓고 하얀 날개 펼치고 천천히 날아간다

시간의 수레바퀴

어느 날 갑자기 시간의 바퀴에 치여
사라진 아이들
울음소리가 지축을 흔든다

골목마다 도사린 날카로운 이빨들
살아있는 자의 살을 취하려고
덫을 놓고 기다린다

기다리는 부모의 눈물은
강물에 흘러넘치고
그들의 상처는 평생 뼈에 새겨진다
그들의 울부짖는 울음소리도
아랑곳하지 않고
시간의 수레바퀴는 자갈길을 굴러간다

귀 막고, 눈감은 채 삐거덕거리며
오늘도 멈추지 않고 저 혼자 굴러간다

불청객

깃털처럼 가붓한 바람 등에 타고
불청객이 날아왔다

공원길 여기저기 날아다니던 티끌이 되어
눈에 들어가고
공기를 헤집고 날아다니며
사람들을 무차별 공격한다

어설픈 몸짓으로 털어내려고 버둥거려도
눈앞 세상은 카오스로 빠져든다
차츰 암흑이 되어간다

불시에 들이닥친 코로나19
위리안치* 유배생활만이 불청객을 물리친다고
뉴스가 보도한다

뫼비우스 띠 속에 사람들이 갇힌다

* 죄인을 가시나무 울타리로 둘러친 집에 가두는 형벌.

시간의 뒤편

뭍과 이어진 줄을 놓아버린다
하루가 얕은 물에서 끌려나온다
삐거덕거리는 시간이 눈앞에 얼비친다

조밀하게 짜인 그물망 위에서
사람들은 이유도 모른 채 질주한다
허공에 뜬 풍선을 잡으려고 허둥댄다

제한된 공간에서
틈 없는 시간에서
꾸역꾸역 삼켰던 그늘진 일상들
오랫동안 과부하에 시달렸던 날들
덜컹거리다가 털썩 주저앉는다

짭질밧지* 못한 어제와
장승처럼 서 있던 내일이
그 광경을 우두커니 내려다본다
매몰찬 오늘이 설레발치며 달아난다
시간의 뒤편이 또렷하게 보인다
부드럽게 시동을 다시 건다

* 하는 일이나 솜씨가 깔끔하다.

뒤늦은 후회

뒷산 참나무 근처에는
등이 굽은 대추나무가 한 그루 서 있다

가을이 되면

가지가 휘청하도록 대추들이 매달린다

살다 보면
에둘러 가고 뒤쳐져 가고
때로는 허리를 굽혀야 하는데

참나무가 고지식한 속내를 털어놓는다
곧으면 다 되는 줄 알았다고

뒤늦게 유연성에 대해 골몰한다

냉장고

언제 그늘 속에 들어왔는지
문이 닫히고
시간이 까맣게 지워지고 있다

차갑고 어두운 곳에서
생존을 위해 발버둥친다

아픔으로 점철된 침묵의 시간

부둥켜안고 가는 생명을 지키려고
튼실한 뿌리 하나로 버틴다

밝은 햇살을 갈망하며
이따금 탈출을 꿈꾸지만

문은 좀처럼 열리지 않는다

폐선

모래 위에 엎드린 낡은 몸
언젠가 먼 바다를 향해
파도를 박차고 나갔던 때를 기억한다
뱃전에 깃발을 펄럭이며
물살을 가르던
그때는 폭풍마저 두렵지 않았다

지척을 구별 못하는 안개 사이로
얼마나 헤매고 다녔나
끝내 숨었던 암초에
가슴을 부딪치고 말았다

이제 삐걱거리는 뼈마디
모래톱에 누워 몸을 뒤척인다

솔바람과 갈매기 울음소리에 꿈을 잠재우고
철썩이는 파도소리에 몸을 맡긴 채
숨소리는 점점 희미해진다

기나긴 항해를 접고
이제 자유의 몸이 되어 어디론가 떠난다

이스터 섬*에 가면

해안에는 석상들이 줄 맞춰 있다
바다를 향해, 낯선 사람을 향해
구릿빛 사내들이
경계의 눈빛으로 섬을 지키고 있다

사람들은 섬에 뼈처럼 파묻힌 바위를 캐내어
조각하고 일으켜 세웠다
시간의 먼지가 쌓이면
통나무를 깔고 굴려서 해안까지 끌고 내려왔다
수난을 당한 나무들, 마지막 나무까지 베어낸 후
화산섬은 부드러운 곡선이 되었다

그들은 언제 어떻게 석상을 만들었는지
바위에 새겨 놓았다
그 뜻을 알 수 있는 이들이 사라졌다
그들의 역사와 조상들 생각이 미궁 속으로 빠졌다

텅 빈 섬은 넘실대는 남태평양 물결에 둘러싸여
자오록한 안개 속에 파묻혀 있다

* 남미 칠레의 영토인 남태평양의 작은 섬.

심청이의 내심內心

황해도 황주 도화동에서
얼굴도 모르는 어미를 그리며 자란 청이
자신의 처지를 속으로 슬퍼하며
눈먼 아비를 돌보았다

공양미 삼백 석으로 눈을 뜰 수 있다고
스님이 넌지시 한 말
앞뒤 처지를 가리지 않고 덥석 받아들여
딸에게 알린 경솔한 그 말이
구만리 같은 딸의 앞날을 가로막았다

늙은 아비의 눈을 뜨게 하려고
치마를 뒤집어쓰고 인당수에 몸을 던진 딸

어릴 적에는 아비 대신 동냥하고
자라서는 남의 집 일거리 돕고
마음속에는 그늘이 쌓여갔다

내심內心 살고 싶은 마음도 옅어졌다

여울목에서

삐걱거리던 하루가 여울목 물살에

기억 저편으로 빠르게 흘러간다

휘젓고 다니던 무대 위 독백도

잡을 틈 없이 물살 따라 휩쓸려간다

좋은 일, 궂은 일 붙잡을 틈 주지 않고

모두 휘감아 떠내려간다

흔들리면 무너지지 않는다

말귀를 닮은 산, 산사에는
테풍에도 살아남은 돌탑들이 서 있다

돌을 쌓아올릴 때
돌탑이 완성되었을 때
반드시 해야 할 일은 흔들어보는 일이다

돌 틈에 끼어 있는 작은 버팀돌
돌탑이 흔들리면 따라서 흔들린다

흔들리면 무너지지 않는다

그동안 흔들리지 못한 젊은이들
흔들리지 않고 살았던 이들
바람을 만나 맥없이 무너졌다고
아침 신문에 커다란 활자로 떠다닌다

'비밀지도'를 투시하기 위한 시적 사유

이성혁 문학평론가

'비밀지도'를 투시하기 위한 시적 사유

이성혁 문학평론가

　　임덕기 시인의 상큼한 제목을 가진 새 시집『봄으로 가는 지도』를 처음 펼치고 서두에 실린 몇 편의 시들을 읽으면, 이 시집은 지구의 뭇 생명들−우리 인간까지 포함하여−이 지닌 생명력을 예찬하는 시집이라고 예상하게 된다. 하지만 시집 후반부로 갈수록 삶의 처절한 고통을 조명하는 시편들이 많다. 이 시집의 축이 되는 메타포는 봄과 가을이다. 좀 더 정확히 말하면 겨울에서 봄으로 가는 시간과 가을에서 겨울로 가는 시간이 이 시집이 조명하는 삶의 시간이다.(하여 이 시집의 중심을 이루는 시간은 겨울이라고도 하겠다.) 이 시집을 여는 시는 개나리 핀 봄의 찬란한 풍경에 기뻐하는 시인의 모습을 담은 「개나리, 봄을 그리다」다. 이 시 이후 시집이 담아내고 있는 삶은 그 풍경에 다다르기까지 이르는 과정−가을에서 봄에 이르는 과정−이라고 할 수 있다. 그래서 가을을 다룬 시편들부터 살펴보는 것도 시집을 읽어내는 방법 중 하나이겠는데, 그렇다면 임덕기 시인에게 가을

풍경은 어떻게 나타나고 있는가.

> 조붓한 산길마다
> 바람이 휘돌아오면
>
> 기진한 플라타너스 손들이 땅에 나뒹군다
> 햇살을 담아 한철 그늘을 짓던
> 푸른 손들
>
> 찬바람에 물기가 말라버린
> 갈색 손들이 버석버석 소리를 지른다
>
> 바람을 다독이며
> 햇살을 담아내던 중노동으로
>
> 나무를 놓친 손등이 거칠다
> ─ 「가을을 줍다」 전문

　위의 시에 따르면, 플라타너스 나뭇잎들('손들')은 "햇살을 담아내는 중노동으로" 나무를 살려왔다고 한다. 그러나 여름에서 가을로 불어오는 "찬바람에 물기가 말라버"리자, 결국 그 잎들은 "나무를 놓"치고 추락하고 만다. 이미 중노동에 지친 잎은 녹색을 잃고 갈색으로 변색해버린 상태였다. 시인은 저 플라타너스 낙엽에서 노동하는 삶의 운명을 보고 있는 듯하다. 거친 '손

등'이 되어버리는 삶. 이를 보면 시인의 삶에 대한 인식은 낙관적이지 않다. 흥미로운 것은 '이파리'에서 삶의 핵심을 포착하고 있다는 점이다. 이파리는 나무의 끝에 자라나는, 중심에서 벗어난 주변부의 삶을 의미하지 않겠는가. 육체에 비기자면, 머리도 아니고 심장도 아닌 손이 일구어가는 삶이다. 하지만 이 손이야말로 시인에게는 삶의 핵심이다. 손은 일하는 데 사용되는 신체의 일부이다. 일하기 위해 쓰이는 손, 나무를 먹여 살리다가 시들어버리는 그 노동하는 손이야말로 삶의 진실을 드러낸다. "탐스런 진홍빛 피붙이들"인 감을 "키우고 건사하느라" "시들어 불그죽죽하고/ 진액이 다 빠"(「개울집 감나무」)진 감나무의 이파리 역시 바로 그 손이 말해주는 삶의 진실일 것이다.

위의 시만 보더라도, 임덕기 시인이 주목하는 것은 주로 봄의 환희가 아니라 삶을 지탱하기 위해 겪어야 하는 고통임을 짐작할 수 있다. 그러한 고통스러운 삶의 이미지는 진창에 묶인 새의 모습으로 나타나기도 한다. "갈대밭 물풀에 발목이 잠겨/ 오도 가도 못"(「뒤처진 철새」)하게 된 철새의 이미지. 겨울에서 봄으로 가는 길목을 다 빠져나오지 못하고 결국은 '흙탕물'에 갇혀버린 삶—늦가을의 나뭇잎처럼 추락한—의 이미지다. 하늘을 날아다니면서 아래를 내려다 보았을 때의 "빛나던 윤슬 잊지 못해// 시르죽은 소리로 울고 있"(같은 시)는 삶. 이 이미지는 "짝을 잃었는지", "노을 속으로 홀연히 사라"지는 "겨울새 한 마리"(「노을 속으로 사라진 새 한 마리」)의 형상으로 나타나기도 한다. 이 새는 아직 하늘을 날고는 있지만, 고독하게 곧 "어둠으로 채워"질 황혼의 하늘 속으로 사라지고 있다. "푸석한 머리카락 바람에 날리"(같은 시)고 있는 이 새에게는 이제 삶의 빛을 잃어가면서 고독을 견디어 가는 미래만이 기다리고 있는 듯이 보인다.

미래의 빛을 잃어가는 삶. 이 삶을 살아가야 하는 사람들은, 시인에 따르면 이 대도시를 살아가고 있는 이들이다. 그들은 흙탕물에 갇힌 철새처럼 날아가지 못하는 삶을, 또는 '두더지족'처럼 지하를 돌아다니며 살아야 하는 삶을 살아간다.

속도전을 위해 땅속으로 들어간다
가파른 계단이 움직인다
버튼 하나로 지상에서 지하로 잠입한다

불빛 따라 길을 찾아간다
수많은 역驛이 하나로 이어진
시간 위를 철커덕거리며 달려간다

터널 안은 어둠으로 이어진다
길은 어둠 속에서 사방으로 뻗어있다
어둠 속에서 자생한 시간들
지나온 역들이 보이지 않는다

퇴화된 눈 대신 감각만 살아서
도시의 굴속에서 허우적거린다
노선표를 보고 살아가는 하루하루
그늘에 익숙한 도시의 두더지족

아스팔트에 꽂힌 지상의 햇살이 낯설다

— 「두더지족族」 전문

임덕기 시인이 형상화 한 추락한 삶의 이미지—지상의 진창에
빠지고 미래의 빛을 더 이상 받지 못하는—는 주로 평범한 현대
인들의 삶에 더욱 적합하게 나타난다. 지하철을 타고 다니는 대
도시의 평범한 사람들은 위의 시에 따르면 '두더지족'이 되었다.
이 족속의 사람들은 "지상의 햇살이 낯설"고 "그늘에 익숙한" 삶
을 살아간다. 빛이 잘 비추지 않은 시간을 살아가야 하기 때문에
"어둠으로 이어"지는 "도시의 굴속에서 허우적거"리며 정해진
"노선표를 보고" '하루하루' 연명해야 한다. 이 어둠 속의 삶이란
기억을 잃는 삶이기도 하다. "지나온 역들이 보이지 않"으니 말
이다. 시인은 이러한 대도시의 삶을 비판하고 있지만 냉소하고
있지는 않다. 시인이 형상화한 지하의 삶은 가난한 도시인들의
엄연한 현실이기 때문이다. 반지하방에서 "심해어처럼 그늘을
끼고 살아"(「그늘」)가야 하는 현실을 견디며 사는 삶이 실제로
있는 것이다. "한 줌의 햇살을 그리워하며"(같은 시) 시들어가는
사람들. 아마 시인은 이들이 살아가는 반지하의 삶이야말로 우
리네 삶의 고통스러운 진실을 드러낸다고 생각했을 것이다.

지하에 갇혀 봄날을 맞이하지 못하는 삶. 많은 이들이 이러한
삶을 살아간다. "하루치 밥벌이를 끝내고" "숨어 있는 덫을 피
해/오늘 하루도 용케 살아남았다"(「생존의 법칙」)고 안도의 한
숨을 쉬는 현대인들. 이들은 자신의 노동을 지켜보고 있는 감시

자들의 눈길에 묶여 "조여드는 시간"을 견디고는, 밤이 되면 "어두운 터널을 통과"(같은 시)하며 귀가하는 '가장'들이다. 갈대밭에 발이 묶여 빛나는 윤슬을 볼 수 없게 된 철새처럼 이들이 꾸었던 "꿈은 멀어져"만 가고, 삶은 견디어야만 하는 시간으로 변모한다. 시인은 이러한 삶의 이미지가 더욱 극단화한 모습으로서, "끝내 숨었던 암초에/ 가슴을 부딪치고 말"(「폐선」)아 폐기되어버린 배를 보여준다. 이 배의 남은 삶은 "솔바람과 갈매기 울음소리에 꿈을 잠재우고/ 철썩이는 파도소리에 몸을 맡긴 채/ 숨소리는 점점 희미해"(같은 시)지는 것뿐이다. 이제 육신은 파괴되고 지상에 발이 묶여 항해할 수 없는 삶을 살아가는 배. 하지만 시인은 이 배의 남은 삶이 또 다른 출발을 준비하고 있다고 본다. "기나긴 항해를 접고/ 이제 자유의 몸이 되어 어디론가 떠난다"(같은 시)는 것이다. 죽음 이후에는 새 삶이 온다는 희망. 겨울이 가면 봄이 온다는 희망이다. 그래서 결국 추위의 고통을 견디면 새 삶이 오고, 죽음은 허물을 벗는 과정이었음이 드러날 것이다.(「플라타너스의 실비듬」)

물론 시인은 이러한 익숙한 희망의 메시지를 던지는 것에 시적 사유를 멈추지는 않는다. 그의 시적 사유는 주로 시간을 파고든다. 추락한 삶, 그리하여 지상에 발 묶인 겨울의 삶이 견뎌내는 시간이 어떠한 것인지 그는 사유하고 형상화하고자 한다. 이 삭막한 삶의 시간을 상징화하는 대상이 사막이다.

가슴에 불덩이 담고
이따금 숨을 몰아쉬며 고통을 참는다

모래바람에 푸석한 머리카락 날리며
힘든 시간을 견딘다

지난한 시간들
고스란히 사구砂丘에 기록되어 있다
물결무늬는 고통이 지나간 발자취

칠흑 같은 어둠 속을 뚫고
설익은 꿈들이
하나, 둘 포물선을 그리며
모래골짜기에 떨어진다

바람 따라 굴러다니는 텀블링플랜트
유목민처럼 떠돌다
비가 내리면 낯빛에 생기가 돈다
빗물로 목을 축이고 바닥을 딛고 일어선다
잠시 기거할 집의 뼈대를 세운다

갈증을 참다못해 씹어 삼킨
낙타가시나무 가시로
입안이 피로 흥건한 낙타를 돌보며
사막은 서서히 늙어간다
—「사막의 시간」 전문

위의 시에서 사막은 주체들이 활동하는 장소에 그치는 것이 아니라 그 자체가 "힘든 시간을 견"디는 주체다. 태양열을 그대로 받아 안아야 해서 "가슴에 불덩이 담고" "고통을 참"으며 "서서히 늙어"가는 사막. 사막은 지상에 그대로 붙박여 따가운 햇빛과 모래바람을 맞으며 영구한 시간을 살아내야 한다. 그리하여 사막의 몸에는 "지난한 시간들"의 흔적들이 새겨지고, 그 흔적들은 "고통이 지나간 발자취"를 보여준다. 그렇게 고통의 시간을 간직하고 있는 사막은 지금도 여전히 고통을 살아내고 있는데, 그래서인지 사막 자체가 육화된 고통의 시간처럼 보이기도 한다. 이 '사막의 시간'은 사막에서 삶을 살아가고 있는 주체들의 고통들을 바라보고 돌본다. "유목민처럼 떠"도는 '텀블링 플랜트'(시인의 주석에 따르면 "사막의 건기에 공처럼 굴러다니는 떠돌이풀"을 의미한다.)가 어쩌다 내린 비로 겨우 "잠시 기거할 집의 뼈대를 세"우는 것을 바라보거나 갈증으로 씹은 "낙타 가시나무 가시로/ 입안이 피로 흥건한 낙타를 돌보"는 것이다.

비가 거의 내리지 않는 사막은 거주할 곳을 마련하지 못한 이들이 떠도는 시간이자 갈증의 고통과 그 고통에서 벗어나려다가 더 큰 고통을 겪어야 하는 이들이 절망을 겪는 시간을 상징한다. 그런데 이들은 바로 위에서 보았던 지하를 살아가는 우리 현대인들을 가리킬 터, 우리들이 살아가는 사막의 시간에서는 하늘의 별들, 그 '설익은 꿈'들이 '하나, 둘' "모래골짜기에 떨어"지고 있는 중이다. 하지만 고통의 시간인 사막은 우리들을 넌지시 돌본다. 그 시간 자체가 고통을 참으며 힘든 시간을 견디고 있으므로, 고통과 절망에 빠진 주체들을 돌보는 주체가 될 수 있는 것이다. 시인이 고통을 견디면 봄이 결국 오리라고 말할 때, 그것은 단순한 상식만을 말한 것은 아니다. 그 말이 상식적인 진술이라고 하더라도, 그 상식에 이르기까지 깊은 시적 사유를 거친 것임을 「사막의 시간」은 보여준다. 시간 자체가 고통을 견디면서 형성되며, 주체들이 고통의 시간에서 치유되는 것은 역설적으로 이 시간 자체에 의해서임을 시인은 이 시에서 사유해내고 있는 것이다.

위의 시에서 고통의 시간을 견디는 시간으로 사막이라는 상징이 설정되었다면, 시인은 시간의 흐름이라는 속성을 드러내는 상징으로 '바람'을 설정한다. 임덕기 시인에게 바람이 시간의 흐름과 관련된 상징이라는 것은 「바람의 꼬리」라는 시가 보여주고 있다. 이 시에서 바람은 나무의 머리채를 흔들고 급기야 숲을 삼키는 가공할 힘으로 현상하는데, 시인은 "바람이 지나는 길목엔 암묵의 시간이 흐"른다고 말하고 있는 것이다. 이 거센 바람—고통을 가져오는 시간의 힘—이 지나간 자리에는 시간의 흔적들—"바람이 남긴 치명적인 족적들"—이 남아 있다. 그 흔적은 뿌리 뽑혀 "땅에 나뒹구는 나무들"을 통해 드러난다. 다시 말해 시간의 힘에 의해 파괴된 삶을 통해 시간의 흔적은 드러나는 것이다. 마치 폐선에서 시간의 치명적인 족적이 드러나듯이. 하지만 시인은 바람—시간—을 피하는 것이 아니라 도리어 주체를 세우는 힘으로 삼음으로써 고통의 시간을 견디어낼 수 있다고 사유한다. 그리고 이러한 주체성을 시인은 대나무로부터 발견하고 있다.

추울수록 낯빛에 생기가 넘친다

불어오는 맵찬 바람에 서로 스크럼 짜고
틈새 바람을 막고 서 있다
된바람이 몰려와 세차게 옷자락을 흔들면
온기를 잃지 않으려고
사스락사스락 잎새 소리에
휘몰이 장단으로 춤사위를 펼친다

아픔으로 가슴 속이 텅 비었다
가슴 속 빈자리를 바람으로 채워
꺾일 듯 꺾이지 않는 힘이 되었다

앞선 바람이 지나가고
뒤따르는 바람이 다가와 흔들어도
땅 밑에서 뿌리를 뻗어나간다

추위를 두려워하지 않는
북방계 유목민처럼
도전정신이 강한 종족

뿌리는 계속 세력을 확장 중이다
— 「대나무」 전문

대나무는 바람을 다스릴 줄 안다. '맵찬 바람'이 시간의 거센 힘이라고 할 때, 대나무는 이 시간의 힘에 휘둘리지 않는다. 그래서 대나무는 '바람−시간'이 가져오는 "추위를 두려워하지 않는"다. 대나무가 이렇게 고통의 시간에 휩쓸리지 않을 수 있었던 것은, 대나무들이 "서로 스크럼 짜"서 "틈새 바람을 막"는다거나 "온기를 잃지 않으려고" "춤사위를 펼"쳤기 때문이다. 타인과 공동체를 이루거나 예술 활동을 함으로써, 대나무의 삶은 시간의 힘에 의해 뽑혀나가지 않을 수 있었던 것이다. 나아가 대나무는 그 바람을 아픔으로 뚫린 "가슴 속 빈자리"에 받아들임으로써 도리어 "꺾일 듯 꺾이지 않는 힘"으로 전환시킴으로써 바람에 파괴되지 않을 수 있었다. 대나무는 바람을 피하는 것이 아니라 바람에 맞서고 또 바람을 삶의 힘으로 받아들임으로써 "북방계 유목민처럼" 자신의 뿌리를 지상에 확장시킬 수 있었던 것, 시인은 이렇듯 대나무를 깊이 관찰함으로써 시간의 힘을 견디고 다룰 수 있는 방법을 발견한다.

그렇다고 시인은 이 "도전 정신이 강한 종족"인 대나무에서만 비람을 이기내는 법을 발견하는 것은 아니다. "바닥에 엎드려 오체투지"하면서 "반쯤 묻힌 뿌리로 겨우 목숨을 연명"(「능수버들의 오체투지」)하는 '능수버들'에서도 바람의 힘에 휘둘리지 않고 삶을 끝까지 놓지 않고 살아가는 존재를 발견하고 있다. 바람의 힘을 받아들이면서 자신의 삶을 이 세계에 확장시키는 저 대나무와 오체투지로 바람의 힘을 견디어내는 '능수버들'의 공통점은 강한 생명력에 있다. 이 생명력이 능수버들 역시 봄을 맞이할 수 있게 해준다. 이 능수버들의 "늘어진 줄기마다 연

둣빛 잎새들이/ 시스루 옷처럼 하늘거"(같은 시)리기 시작하는
것, 자연은 이렇듯 자신의 생명을 혼신을 다해 유지하고 확장하
면서 봄과 만난다. 하지만 이러한 사연을 인위적으로 파괴하는
세력이 있으니 인간 문명이 그것이다. 대나무처럼 "제 몸에 구
멍을 파서" 몸 안에 바람이 들락거리는 공간을 만들고는 그곳에
새들을 불러 모은 '늙은 느티나무'는 그만 "아파트재건축으로 쓰
러지"(「숲의 주소」)고 만다. 그 노목이 살던 숲에는 이젠 "사람
이 살고 있"으며, 새들은 "나무의 유언대로/ 건너편 잡목으로 이
주"(같은 시)해야 했다.

　자연에 가하는 인간의 폭력이 생명을 파괴하고 비극을 만든
다. 아래의 시가 보여주듯이 들판에 인간의 길을 만들면서 보도
블록에 의해 매장되는 풀들도 있지 않은가. 하지만 그 풀들은 결
코 자신의 생명력을 거두지 않는다.

　　　길가 보도블록 틈새로 풀들이 와자하다

　　　쇠비름, 질경이, 민들레, 강아지풀…
　　　발뒤꿈치에 잔뜩 힘주고 서 있다

　　　본래 이곳은 들판이었다
　　　풀들이 주인이었을 때는
　　　싸우는 소리가 들리지 않았다

　　　길이 생긴다는 말에

영유권 한번 내세우지 못하고
하루아침에 뿌리째 뽑힌 잡초들

그 자리에 각진 보도블록이 촘촘히 심어졌다
풀들의 땅이 사라졌다

봄비가 스쳐가고
어미가 흘린 씨앗들이 억척스레 이름을 내밀었다
한 줌 틈새가 노랗게 피었다

지나는 발길에 밟혀도
자손을 퍼트리는 것만이 살길이라고
봄볕을 이고 식구를 늘려간다
—「풀의 영유권」 전문

　인간은 자연을 자기 마음대로 소유하고 처분할 수 있는 한갓
대상으로 여긴다. 일다시피 생태학적 사유에서는 이러한 인간
의 자연관에 대해 근본적인 비판을 가한다. 이러한 사유에 따르
면 자연은 자연의 것이지 인간의 소유물이 아니다. 이러한 생태
학적 사유를 보여주는 위의 시에 따르면, 풀밭이었을 들판은 풀
의 것이지 인간의 소유물이 아니다. 이 들판이 인간의 소유물이
된 것은 인간이 그냥 풀로부터 강탈한 것이다. 땅을 강탈당한 풀
들은 어떻게 되었나? 들판에 깔린 보도블록에 의해 매장된다.
그러나 시인은 그대로 압사당하지 않고 "식구를 늘려"가는 풀

의 생명력에 주목한다. 잡초들이 "하루아침에 뿌리째 뽑"히고 "풀들의 땅이 사라졌"음에도 불구하고, 갖가지 풀들은 "보도블록 틈새로" 왁자하게 번져나간다. 발길에 밟혀도 풀들은 "한 줌 틈새"를 노랗게 물들이는 것이다. 제 자손을 퍼트리는 풀들의 힘은 봄비와 봄볕을 온몸으로 받으면서 생명력을 피워낼 수 있었다. 즉 인간 문명의 폭력을 견디어내면서 봄을 맞이했을 때, 자연은 문명이 가하는 억압을 비집고 '억척스레' 자신의 "이름을 내밀"며 삶을 피워낸다.

어느덧 이 글은 이 글 서두에서 언급한 봄 풍경에 다다랐다. 시집 첫머리에 실린 「개나리, 봄을 그리다」에서의, "노랑 물감을 듬뿍 찍어 쓱쓱 칠"한 "따뜻한 봄의 붓질"로 펼쳐진 봄 풍경은 화사해보일 것이다. 하지만 그 풍경 안에는 고통의 시간을 견디면서 끝내 봄을 맞이할 수 있었던 자연의 고투가 내장되어 있다는 것을 우리는 이제 인식한다. 그래서 시인은 자연물들이 봄을 수동적으로 맞이하는 것이 아니라 능동적으로 찾아간다고 말하기도 한다.(임덕기 시인에게 자연은 수동적 대상이 아니다. 주체들을 돌보는 사막-시간-도 능동적이고 봄 풍경을 그리는 봄도 능동적이다. 그래서 봄의 세계는 봄이 연출한 무대로 나타난다. 「봄, 무대에 서다」를 보라. 이 시에 등장하는 자연물들은 봄이 마련한 무대 위에서 능동적으로 자기 자신을 연기한다.) 가령 아래의 시에 나오는 나무들이 그러한데, 이 나무들 안에는 봄을 찾아간 흔적이 새겨져 있다. 그리고 그 새겨진 흔적은 바로 '봄으로 가는 지도'다.

언덕에 늘어선 옹이 박힌 겨울나무
빛을 향한 끝없는 구애가
그늘진 시간마다 허공에 손을 뻗는다

추위에 시달린 두꺼운 각질
갈라진 피부를 봉합도 못한 채
살이 에이는 고통을 속으로 삭인다

해묵은 잎과 삭정이 땅에 떨군 채
맨몸으로 혹한을 건너는 나무들

봄을 찾아가는
비밀지도 한 장씩 꼭 쥐고 있다
— 「봄으로 가는 지도」 전문

　"맨몸으로 혹한을 건너는 나무들"의 손 안에는 "봄을 찾아가는/ 비밀지도"가 쥐어져 있다. 이 비밀시노는 봄을 향한 나무들의 열망에 의해 새겨진 것이리라. "빛을 향한 끝없는 구애"로 "그늘진 시간마다 허공에" 뻗은 손에 지문처럼 새겨진 것이 이 비밀지도일 터, 그것은 추위로 터진 손의 피부를 봉합하지 못하면서 손에 파이게 된 지도인 것이다. 이 "살을 에이는 고통을 속으로 삭"이면서 만들어지는 '봄으로 가는 지도'는, 이렇듯 봄의 햇빛을 열망하면서 겨울 혹한의 고통을 견딘 시간의 기록이다. 자연에 새겨진 이 기록—비밀지도—을 투시할 수 있다면, 그는 봄을 맞이할 수 있는 사람이라고 하겠다. 봄은 자연적으로 주어지는 것이 아니라 봄빛을 열망하고 고통을 견디면서 찾아갈 때 맞이할 수 있는 것, 저 비밀지도는 그렇게 봄을 맞이할 수 있는 길을 넌지시 알려준다. 바로 임덕기 시인이 자연에 대한 깊은 관찰과 사유를 통해 그 지도를 투시하게 된 사람 아니겠는가. 그것은 그 역시 저 나무처럼 봄을 열망하고 찾으면서 자신의 손에 지도를 새기며 마음의 겨울을 견디고 있는 존재자임을 말해준다.

임덕기 시집

봄으로 가는 지도

발   행 2022년 5월 10일
지 은 이 임덕기
펴 낸 이 반송림
편집디자인 김지호
펴 낸 곳 도서출판 지혜 · 계간시전문지 애지
기획위원 반경환 이형권
주   소 34624 대전광역시 동구 태전로 57, 2층 도서출판 지혜 (삼성동)
전   화 042-625-1140
팩   스 042-627-1140
전자우편 ejisarang@hanmail.net
애지카페 cafe.daum.net/ejiliterature

ISBN : 979-11-5728-470-2 03810
값 11,000원

임덕기

임덕기 시인은 경북 포항에서 태어났고, 이화여대 국문학과를 졸업했으며, 중, 고등학교 교사를 역임했다. 2010년『수필시대』, 2012년『에세이문학』 등단과 2014년 계간『애지』시로 등단했다. 시집으로는『꼰드랍다』,『봄으로 가는 지도』 가 있고, 수필집으로는『조각보를 꿈꾸다』,『기우뚱한 나무』(2015년 세종나눔 도서 선정),『서로 다른 물빛』(원종린수필문학상),『스며들다』를 출간했다.
현재 (사)국제펜한국본부 여성작가위원, 한국수필문학진흥회, 이대동창문인회 이사, 한국시인협회, 한국문인협회, (사)한국여성문학인회, 서울시인협회, 문 학의집, 서울, 애지문학회, 수필문우회 회원으로 활동하고 있다.
임덕기 시인은 그의 두 번째 시집인『봄으로 가는 지도』를 통해서 이 세상에서 가 장 크고 아름다운 봄 무대의 주인공이 되었다. 혹독한 겨울을 지나 찾아오는 봄 은 우리들의 영원한 고향이자 미래의 이상이다. 봄 무대의 꽃, 봄 무대의 희망, 봄 무대의 그 아름답고 달콤한 사랑과 결실을 위해 나무는 겨울을 참고 견딘다. 그의『봄으로 가는 지도』시집의 축이 되는 메타포는 봄과 가을이다. 좀 더 정확 히 말하면 겨울에서 봄으로 가는 시간과 가을에서 겨울로 가는 시간이 시집에서 조명하는 삶의 시간이다. 가을에서 봄으로의 과정이다. 봄을 기다리며 겨울을 참아내는 마음을 형상화하였다.

이메일 : limdk207@hanmail.net